Kleinkind-Bücher online (Finde die Unterschiede Rätsel)

30 ENTDECKE DIE UNTERSCHIEDE RÄTSEL

PASSWORT FÜR BONUSBÜCHER FINDEN SIE AUF SEITE 16.

Die Webadresse für die herunterladbare Version dieses Buches finden Sie unter

BONUSBÜCHER - Details zum Herunterladen auf der Website

https://www.pdf-bucher.com/product/1
https://www.pdf-bucher.com/product/2
https://www.pdf-bucher.com/product/3
https://www.pdf-bucher.com/product/4
https://www.pdf-bucher.com/product/5
https://www.pdf-bucher.com/product/6
https://www.pdf-bucher.com/product/7
https://www.pdf-bucher.com/product/8
https://www.pdf-bucher.com/product/9
https://www.pdf-bucher.com/product/10
https://www.pdf-bucher.com/product/11
https://www.pdf-bucher.com/product/12
https://www.pdf-bucher.com/product/35
https://www.pdf-bucher.com/product/36
https://www.pdf-bucher.com/product/37
https://www.pdf-bucher.com/product/38
https://www.pdf-bucher.com/product/39
https://www.pdf-bucher.com/product/40
https://www.pdf-bucher.com/product/41
https://www.pdf-bucher.com/product/42
https://www.pdf-bucher.com/product/43

Puzzle 1
Finde 7 Unterschiede

Puzzle 2
Finde 7 Unterschiede

Puzzle 3
Finde 7 Unterschiede

Puzzle 4
Finde 10 Unterschiede

Puzzle 5
Finde 10 Unterschiede

Puzzle 6
Finde 10 Unterschiede

Puzzle 7
Finde 10 Unterschiede

Puzzle 8
Finde 10 Unterschiede

Puzzle 9
Finde 10 Unterschiede

Puzzle 10
Finde 6 Unterschiede

Puzzle 11
Finde 10 Unterschiede

Puzzle 12
Finde 10 Unterschiede

Puzzle 13
Finde 10 Unterschiede

Puzzle 14
Finde 10 Unterschiede

Puzzle 15
Finde 7 Unterschiede

Puzzle 16
Finde 10 Unterschied

Puzzle 17
Finde 10 Unterschiede

Puzzle 18
Finde 10 Unterschiede

Puzzle 19
Finde 10 Unterschiede

Example 20
Finde 10 Unterschiede

Example 21
Finde 8 Unterschiede

Puzzle 22
Finde 10 Unterschiede

Puzzle 23
Finde 10 Unterschiede

Example 24
Finde 10 Unterschiede

Puzzle 25
Finde 7 Unterschiede

Puzzle 26
Finde 6 Unterschiede

Example 27
Finde 6 Unterschiede

Example 28
Finde 7 Unterschiede

Example 29
Finde 7 Unterschiede

Example 30
Finde 7 Unterschiede

Lösungen 1 - 6

Lösungen 7 - 12

Lösungen 19 - 24

CPSIA information can be obtained
at www.ICGtesting.com
Printed in the USA
BVHW051939110819
555624BV00012B/1015/P